Ainsi rêvent les femmes

DE LA MÊME AUTRICE
AUX ÉDITIONS AUTREMENT

Ainsi mentent les hommes, 2004
Inconnu à cette adresse, 1999
Journal de l'année du désastre, 2012
Jour sans retour, 2002

Publié pour la première fois en France en 2006
aux Éditions Autrement.

ISBN : 978-2-7467-6085-1

Kressman Taylor

Ainsi rêvent les femmes

Nouvelles traduites de l'anglais (États-Unis)
par Laurent Bury

Éditions Autrement Littératures

Harriet

Harriet ne savait pas comment elle était arrivée dans la cave de sa cousine Margaret. La pièce était un capharnaüm invraisemblable, un empilement infini de boîtes de fleuristes qui ressemblait si peu à sa cousine. Elle se dit : « Mon Dieu quelle sotte, cette Margaret ! Cela pourrait déclencher un incendie. » Et à cet instant précis l'incendie éclata au plafond, un petit jaillissement d'étincelles sur les fils électriques qui longeaient les poutres blanchies à la chaux. Le feu suivait les câbles, pourtant les petites flammèches ne trouvèrent rien à consumer jusqu'au moment où elles gagnèrent une pâle toile d'araignée qui pendouillait. Heureusement, en levant la main, elle put ôter la toile sans se brûler. Mais à présent, l'incendie se propageait. Il y avait des mètres entiers de fils électriques en flammes, et elle songea péniblement : « Je vais devoir appeler les pompiers. » C'est alors qu'elle vit le journal, un gros journal plié, coincé derrière les câbles à un bout de la poutre qui commençait à s'embraser. Sous l'effet de la panique et de la rage, son sang ne fit qu'un tour et elle comprit aussitôt : c'était Leila qui avait tout manigancé, Leila qui l'avait mis là, Leila qui voulait brûler la maison.

Elle tendit la main, saisit le journal et tira dessus. Elle regarda autour d'elle, jeta cette masse de papier en flammes dans un arrosoir et éteignit ainsi l'incendie. Oh ! vilaine Leila ! Cependant le feu continuait à lécher les fils électriques : elle leva la tête et se mit à souffler dessus, la bouche grande ouverte – *le gaz carbonique éteint les flammes* –, mais ses efforts n'eurent aucun effet. Elle pensa à l'arrosoir, mais voyant que l'installation était très ancienne et abîmée, elle se rappela à temps qu'il ne faut pas verser d'eau sur des fils électriques. Elle sut alors qu'elle serait bien obligée d'aller téléphoner aux pompiers. Et elle eut beau chercher, il n'y avait pas d'escalier.

Son cœur battait à tout rompre, mais elle se trouvait maintenant dans le jardin, où était rassemblée une foule immense, comme pour une garden-party. Ce n'était pourtant pas une fête, et chaque fois qu'elle s'approchait d'un groupe, les gens lui tournaient lentement le dos. Dieu sait pourquoi, elle était sûre d'avoir un message extrêmement important à leur transmettre, mais elle en avait oublié le contenu. C'est alors que la cousine Margaret arriva en courant et lui murmura au passage :

— Ne fais pas cette tête-là, ma chérie, ils vont s'en rendre compte. Ce n'est pas le moment d'errer comme une âme en peine.

Margaret portait un grand chapeau raide orné de marguerites sous lequel un sourire illuminait ses yeux pleins de sagesse et de pénétration. Puis elle s'éloigna.

Harriet se mit à avancer, tantôt à droite, tantôt à gauche, sans vraiment savoir où elle voulait aller. Elle atteignit ainsi le grand bosquet de yuccas qui poussait à côté du verger, et décida d'y rester parce que c'était la place qui convenait. Une brise agitait les clochettes couleur crème des yuccas. Un petit garçon en costume bleu roi était accroupi dans l'herbe : il découpait une souris en rondelles avec un canif luisant, et la souris gémissait. Comme personne d'autre ne semblait prêter attention à la scène, elle s'exclama :

— Ne fais pas ça !

Le garçon leva vers elle des yeux sombres et calculateurs, puis reprit son occupation.

Terrorisée, elle se mit à gémir. L'un des groupes d'invités se divisa et un homme en veste d'été blanche se retourna avec un lent mouvement d'épaules qu'elle reconnut avec joie. Elle se sentit alors inondée d'une douce paix. C'était Harry. Il l'avait vue et il se dirigeait rapidement vers elle. D'un geste tendre et brutal à la fois, il plaça les mains sur son cou et dit d'une voix aimable :

— Comment va ma petite femme ?

— Oh ! Harry, j'ai eu tellement peur.

Elle pressa son visage contre sa poitrine. Il l'étreignit et la tint fermement contre lui. Parlant à la veste blanche, elle ajouta :

— Je croyais que je ne te rencontrerais jamais.

Il posa une main sur ses cheveux et ses paroles retentirent comme un glas :

— Il n'y a pour chacun de nous qu'une seule rencontre, mon adorée.

À ces mots, lorsqu'elle leva la tête, elle vit que son regard n'était pas triste mais plein de joie. Il tendit la main et détacha une fleur de yucca. Elle sentit une douleur agréable la prendre à la gorge, car elle savait exactement ce qui allait se passer ensuite. Il se mit à sourire, d'un air taquin.

— Tu sais, avec tes jolies boucles, tu m'as toujours fait penser à une fleur mais je n'ai jamais su laquelle. Une jacinthe, d'après Margaret, mais c'est une fleur trop massive alors que tu es svelte, et les pétales sont trop serrés pour ressembler à tes cheveux. Mais j'ai trouvé, maintenant, dit-il en agitant la tige du yucca pour en faire frémir les clochettes ; claire et nette, et une jolie cascade de boucles.

Ils se regardèrent et éclatèrent d'un rire qui sonnait comme un tintement de cloches blanches.

— Tu vois comme elles sont sensibles ? murmura-t-il en se penchant vers elle, les yeux soudain implorants. Tu vois comme elles tremblent quand je les touche ?

Il lui piqua la fleur de yucca dans les cheveux.

— C'est pour que tu restes plantée là en attendant que je revienne. Excuse-moi une minute.

Après quelques pas, il s'arrêta et se retourna :

— Ne t'en va pas.

— Non, je ne m'en irai pas.

Elle était si heureuse ; mais il ne fallait pas le regarder disparaître parce que cela portait malheur.

Lorsqu'elle rouvrit les yeux, la foule vint aussitôt l'encercler, grouillant autour d'elle jusqu'à ce qu'il lui devienne impossible de garder son équilibre. Les invités commencèrent à la pousser vers la maison. Elle ne voyait plus le yucca.

Lorsqu'elle entra dans le salon en trébuchant, il faisait sombre dans la pièce. De grands blocs carrés remplaçaient les meubles et il n'y avait aucune fenêtre. Installée sur l'un des blocs pour travailler à sa machine à coudre, Leila leva les yeux et lança d'un ton sans réplique : « Assieds-toi, Harriet. » Harriet obéit et Leila continua à coudre frénétiquement, actionnant la machine à toute vitesse et avec un grand vacarme, mais sans jamais détacher du visage de Harriet ses yeux voilés et dissimulateurs.

« *Il ne faut pas qu'elle sache que j'attends Harry* », se dit Harriet. Mais Leila savait. Elle était en train de fabriquer pour le petit Harry un costume bleu roi qu'elle lui fit admirer. Mais Harriet vit alors que Leila lui cachait quelque chose, un secret terrible et funeste que

Harriet avait oublié, qu'elle *devait* se rappeler, alors que les yeux voilés et dissimulateurs voulaient l'en empêcher.

— Il faut que tu regardes ma nouvelle machine à faire les boutonnières, dit Leila. Tu n'as jamais rien vu de tel. Harry m'achète toutes les machines dont j'ai envie.

Et elle se mit à fabriquer des boutonnières à toute allure, l'une après l'autre.

Harriet gardait les yeux fixés sur cette course de boutonnières, mais entre ses côtes, une crainte froide commençait à se répandre. Tout à coup, son cœur cessa de palpiter dans sa poitrine, transi par un intolérable élancement de douleur glacée. Elle savait presque, mais luttait contre ce qu'elle savait.

À ce moment-là, les flammes jaillirent au pied des murs et les yeux de Leila laissèrent échapper leurs secrets. Des yeux avides, satisfaits et nus. Harriet comprit qu'elle avait été incapable de se souvenir de l'incendie, mais cela n'avait pas d'importance. Il était trop tard désormais. Leila et elle se dévisageaient, elles savaient toutes les deux. Ni l'une ni l'autre ne baissait les yeux. Il n'y avait plus aucun antagonisme dans leurs regards qui se croisaient ;

ni regret ni pardon, rien que la franchise et ce savoir fatal.

Leila tourna légèrement les yeux vers les murs en feu et Harriet perçut soudain le danger. Leila avait voulu la retenir jusqu'à ce qu'il soit impossible de fuir. Elles étaient cernées par les flammes rugissantes. Les blocs qui servaient de mobilier prirent feu l'un après l'autre, avec fureur. Le bois carbonisait autour de ses pieds. *Oh ! les flammes ! Oh ! le piège cruel ! Oh ! Harry, sauve-moi !* Avec un grondement affreux, le sol se déroba et la précipita dans le feu.

Harriet sursauta et découvrit en ouvrant les yeux la pénombre d'une aube humide. Derrière les rideaux amidonnés, une violente pluie martelait les vitres de sa chambre. Le tonnerre retentit, tout proche. C'était sans doute lui qui l'avait réveillée. Elle avait dormi, finalement. La boîte de somnifères se trouvait sur sa table de chevet, intacte.

Elle se glissa hors du lit et s'approcha de la fenêtre. Dans le verger, le yucca ployait, lourd de gouttes de pluie. Et Harry était mort… mort… mort. Ne sachant quelles fleurs envoyer à l'enterrement, elle en avait laissé le soin à

Margaret. Et Margaret avait envoyé des tubéreuses… des tubéreuses… *Le désir qu'il laissait éclater dans ses yeux, en rêve, cette façon familière qu'il avait de tourner la tête. Oh ! Harry, ne me laisse pas seule.* Ses pieds nus étaient froids sur le sol. Frissonnant dans sa chemise de nuit, elle se dit qu'elle devrait couper une tige de yucca pour aller la porter elle-même sur la tombe de Harry. Puis elle contempla les toits mouillés de la petite ville et les fenêtres derrière lesquelles l'attendaient tous les yeux aux aguets. Elle sut qu'elle n'irait pas au cimetière.

Anna

Le jardin était tellement rempli de fleurs, tellement prodigue de parfums dans cette brume de lumière, avant que le brouillard ne se dissipe et ne laisse passer le soleil, qu'Anna pouvait à peine le supporter. L'herbe était chargée de rosée, elle y marchait pieds nus et ses pieds étaient trempés. Dans un massif, les pivoines blanches explosaient comme d'énormes boules de pop-corn, les pavots ardents rougeoyaient et les iris tremblaient en masses d'un bleu velouté. Rien n'aurait pu être aussi majestueux, aussi irrésistible ; Anna trouvait incroyable que toutes les fleurs parviennent en même temps à d'aussi vertigineux sommets de beauté. Elle ne supportait pas l'idée que le soleil apparaisse, absorbe la rosée, amène la chaude journée, assèche et ternisse imperceptiblement la froide perfection des masses de pétales.

« Tout est parfait, songeait-elle ; c'est seulement ce matin que tout atteint la perfection. » Une ombre traversa son esprit et un oiseau gris, un coucou timide, passa dans le jardin comme une ombre, déployant largement sa queue et ses ailes pour freiner son vol. L'espace d'un instant, avant que ses pattes ne touchent le sol et ne s'y agrippent, il laissa voir le plumage blanc du dessous de ses ailes. Puis il atterrit, les ailes rabattues, et resta penché sur le dossier d'une chaise de jardin, oiseau gris dans la lumière grise.

« Ce qui est blanc et parfait ne dure jamais », songea Anna, touchée par une tristesse farouche et terrible. Cette prémonition, cette prise de conscience de la fragilité des choses était nouvelle pour cette toute jeune fille. « Laissez-moi garder tout cela », s'exclama-t-elle à haute voix, comme pour suspendre le cours du temps, admirant d'un œil passionné le plumage serré des pivoines blanches argenté par les gouttes de rosée. Une voix lui disait dans sa tête : « C'est le jour de ton désenchantement, le jour qui t'apportera l'ultime chagrin avec les dernières ombres, sois-en sûre. » Elle cligna des yeux pour refouler les larmes ; les fleurs étaient toujours là, blanches, bleues et dorées. « Cela ne peut pas changer, pensait-elle. Cela ne peut pas changer, je ne le supporterai pas. »

— Anna !

Sa mère l'appelait depuis la maison, brisant sa solitude. La voix de sa mère n'était jamais impatiente, toujours sereine et sûre d'elle, maîtrisant toujours la situation.

— Anna, ma chérie, est-ce bien raisonnable ?

Pourquoi ce mélange d'affection et de reproche ? Parce que Anna marchait pieds nus dans le jardin, parce que Anna ne pensait jamais assez à sa santé, ce don précieux que les jeunes gens considèrent à tort comme allant de soi. Bien sûr, elle avait raison, mais en même temps elle avait tort, horriblement, indiciblement tort. Anna baissa humblement la tête et revint en traînant les pieds dans l'herbe. Dans la salle à manger, la famille était réunie pour le petit déjeuner. Devant chaque assiette était posé un mince verre de jus de tomate. Anna vit que sa mère avait utilisé les sets de table rouge tulipe et les assiettes bleues en terre cuite qu'elle trouvait si charmantes. Il fallait boire du jus de tomate parce que le jus d'orange aurait gâté l'harmonie des couleurs.

Anna s'amusait de connaître ainsi sa mère, de voir comme elle manipulait délicieusement leur existence, leur organisait une apparence de générosité et de beauté. Mais derrière cette apparence il y avait toujours le jus de tomate, en lieu et place du jus d'orange qu'ils préféraient tous, sacrifié au nom d'un ordre féminin arbitraire qu'elle leur présentait. Comme un cadeau, songea Anna.

Mrs Jaines, à sa manière charmeuse et persuasive, se lança aussitôt dans ses projets pour le buffet prévu dans le jardin ce soir-là. Elle avait trouvé quelque chose de spécial pour chacun, quelque chose qui donnerait à la fête un charme supplémentaire : pour Anna, les enfants McCreary viendraient jouer au tennis avant le repas ; pour Paul et Frederick, ses petits frères, des hot-dogs qu'ils pourraient faire griller eux-mêmes ; pour son mari, elle invitait une de ses vieilles camarades de classe, Fran Adams, devenue Fran Carruthers (c'était pour célébrer l'arrivée en ville des Carruthers que Mrs Jaines voulait donner ce dîner). Fran avait été très jolie et Mr Jaines la trouverait sans doute agréable à regarder, à supposer que sa beauté ait résisté aux années. Anna était la seule à discerner l'orgueil que Mrs Jaines tirait d'avoir une peau immaculée, d'avoir si bien vieilli, se rengorgeant comme une tourterelle dans son plumage moiré. Les gens s'étonnaient toujours : « Comment se peut-il donc que *vous* ayez une fille de dix-sept ans ? » Pourtant, Mr Jaines croyait qu'elle se donnait tout ce mal pour lui : cette fête, ces projets. Anna jugeait impensable qu'il puisse être aussi aveugle, qu'il ne voie pas avec quelle habileté on le menait par le bout du nez. Mais il ne voyait rien.

Anna était furieuse. Elle l'exprima en déclarant, exaspérée :

— Comment sommes-nous censés jouer au tennis uniquement avec Rob et Olive ?

Sa mère lui adressa un bref regard malin qui devinait directement la source de son agacement et affichait toute sa duplicité sans aucun scrupule.

— Oh ! j'aurais dû t'en parler. Les Carruthers ont un fils. Il pourra certainement jouer au tennis avec toi, se contenta-t-elle de répondre.

Puis, se levant, elle ajouta pour l'amadouer :

— Anna, ma chérie, aide-moi à débarrasser, et nous monterons ensemble. J'ai acheté un tout petit quelque chose pour toi hier.

Quand la boîte plate fut ouverte, le « tout petit quelque chose » se révéla être une tenue de tennis, une robe très droite et très simple, telle qu'Anna les aimait, du plus pâle des jaunes pour s'assortir à ses cheveux bruns mi-longs. La jeune fille eut le souffle coupé et enfouit sa tête au creux de l'épaule de sa mère.

— Maman, je suis un monstre.

— Pourquoi ne l'essayes-tu pas, ma chérie ? demanda Mrs Jaines sans la moindre trace de suffisance. Simplement, ne la froisse pas. J'ai pensé que tu aimerais peut-être la porter cet après-midi.

Elle s'exprimait comme si elle n'avait jamais eu aucune raison secrète d'agir de la sorte.

— J'adore cette robe, déclara Anna. Vraiment, je l'adore.

Elle embrassa sa mère et, tenant le carton comme un plateau chargé de bijoux, elle partit dans le couloir en chantonnant, ravie et soumise.

Sa mère la connaissait par cœur, savait immédiatement ce qui lui conviendrait. Anna se disait : « Je ne mérite pas une mère comme elle, elle est trop indulgente avec moi, je deviens capricieuse et gâtée. » La voix de sa mère lui parvint de l'autre bout du corridor.

— N'oublie pas de mettre tes chaussures avant de descendre. Aussitôt tout fut gâché, sa gratitude s'envola. « Si seulement Maman me permettait d'être moi-même, ne serait-ce que dix minutes ! » Voilà le problème, en fait.

Sa mère *arrangeait* trop les choses. Elle ne laissait rien au hasard, elle imposait à tout un ordre agréable et convenable. « Je me demande s'il lui arrive de voir jusqu'aux ténébreux abîmes qui se profilent derrière les apparences, de faire face à l'effroyable, à l'insupportable fin de tout. Elle ne comprend pas que la blancheur des pivoines fait peine à voir parce qu'elle doit finir un jour. Il y a dans le monde quelque chose qui ne va pas du tout. Regardez ce qui dure, les tombes, par exemple. Ce sont les belles choses qui disparaissent en premier ; les matinées comme celle-ci, les iris qui cachent à l'intérieur de leurs pétales des cavités mouchetées et duveteuses. »

À seize heures, après avoir traîné sous la douche, Anna descendit l'escalier quatre à quatre vêtue de sa robe jaune. Le fils Carruthers n'était pas dans le jardin, personne ne savait où il était parti et, à sa grande déception, elle ne rencontra que les parents. Elle s'aventura jusqu'au court de tennis, où Rob McCreary et sa sœur Olive s'envoyaient des balles par-dessus le filet, sans jouer réellement.

Rob vint immédiatement à la rencontre d'Anna. Furieuse, Olive lui envoya une balle à la tête, parce qu'il oubliait toujours sa sœur dès qu'Anna apparaissait. Rob imprimait à son beau visage joyeux une expression modeste, voire servile. Anna lui adressa un rapide sourire.

— Continue à jouer, lui dit-elle pour faire plaisir à Olive. Je vous regarderai en attendant que notre invité revienne du mystérieux endroit où il s'est égaré.

Rob lui obéit, visiblement à contrecœur. « Je ne devrais pas être aussi brutale avec lui, songea-t-elle en le voyant si désemparé, arpentant le court d'un pas lourd. Simplement, il y a des moments où je ne peux pas le supporter, surtout par une journée aussi bleue, aussi limpide, une journée où l'on hisse le drapeau, toutes fleurs dehors. »

Rob et Olive n'avaient pas terminé le premier set quand Mrs Jaines les appela pour leur présenter le fils Carruthers. Près du massif de pivoines, Anna vit un garçon roux et maigre, à peine plus grand qu'elle, au visage patient et parfaitement inexpressif. Il paraissait un peu plus âgé, vingt ans peut-être, et il adoptait une pose plutôt dédaigneuse. Tandis que Mrs Jaines faisait les présentations, il observait Anna avec arrogance.

— Derek, je vous présente Anna, dit sa mère, la poussant en avant à la manière d'une mère poule levant son aile pour montrer son poussin au monde, mi-espiègle, mi-anxieuse.

Le regard disait « Elle ne sort pas de sous mon aile ». La voix disait « Mon enfant chérie ».

— Je l'appellerai Ann, répondit froidement le jeune homme.

Son regard s'était fixé sur les yeux d'Anna avec une effronterie accablante. Ses yeux bruns plongeaient dans les profondeurs de la jeune fille, les sondant si impitoyablement mais de façon si personnelle qu'elle ne put que penser : « Il me connaît donc. Il me connaît d'emblée, il connaît mes secrets, ma vie cachée. » Son regard froid était d'une intimité cruelle. « Je suis seul, disait ce regard. Je n'autorise personne à s'approcher de ma hauteur. Je suis tragiquement seul. Pourtant, je *te* connais ; je t'ai reconnue tout de suite. Nous sommes pareils, nous sommes ensemble, deux jeunes gens qui vivent sur la face cachée de la lune. » Sa solitude et son audace l'isolaient du groupe bavard et indifférent qui les entourait, les laissant ensemble en un lieu sacré, sincère et brutal. Anna entendait son cœur lui dire, tout frémissant de cette découverte : « Voici donc ce que signifie la vie, cette connaissance de l'autre. » Et avec un regard d'acquiescement timide, avant de baisser les yeux, elle mit son cœur à nu et resta sans défense, inondée de joie et de terreur.

— Nous attendons depuis une éternité que vous veniez jouer au tennis, dit Olive d'un ton irrité.

— Au tennis ? Je veux bien, si je trouve des adversaires à ma hauteur. J'ai horreur de jouer contre des nuls, répondit sèchement l'étrange jeune homme.

Ah ! il était insolent, il était arrogant, il était complètement isolé dans son égotisme forcené, définitivement coupé du commun des mortels. « Derek, se répétait-elle, il s'appelle Derek. Un prénom sauvage, un prénom superbe. »

Tous les quatre se dirigèrent vers le court de tennis.

— Où étiez-vous ? demanda Olive. Pourquoi avez-vous disparu ?

— Eh bien, répondit-il avec désinvolture, c'est qu'il y avait un étang là-bas.

Anna connut un instant de félicité totale, car l'étang bordé de saules pleureurs, au milieu des aubépines et de la lande, était l'endroit où elle aimait chercher la solitude absolue.

— Cet étang a vraiment dû vous plaire, pour y passer tant de temps à rêvasser, commenta Rob de sa voix monocorde, comme s'il ne comprenait jamais rien à rien.

— Et pourquoi l'étang ne lui plairait-il pas ? protesta Anna.

— Il vous plaît, à *vous* ? lui demanda Derek d'un ton sec, en la regardant d'un air qui ne laissait rien espérer.

Rassemblant toute sa franchise et tout son courage, Anna dit fermement :

— Vous savez très bien que cet étang a tout pour me plaire.

Il lui lança de nouveau ce regard terrible. Elle y décela ensuite une légère nuance de satisfaction.

Pour qu'il y ait au moins un bon joueur dans chaque camp, Derek et Anna firent équipe ; là encore, elle vit un signe du destin. Elle craignit d'abord de s'exposer à son mépris pour les partenaires médiocres, et lorsqu'elle envoya la balle dans le filet, il s'écria : « Quel coup ! » Mais il avait un œil extraordinaire, il rattrapait tout, se déplaçant à travers le court comme en une sorte de danse furieuse. Sa voix sèche lui adressait des injonctions brèves. Il criait « Au filet ! », ou bien « Trop loin, Ann ».

Elle obéissait, se laissait manœuvrer, et parvint ainsi à jouer mieux que d'habitude. Ils remportèrent deux sets d'affilée, puis Derek déclara qu'il en avait assez et qu'il voulait arrêter.

En revenant vers le jardin, Anna dit, sentant que c'était ce qu'il attendait :

— Vous avez un jeu magnifique.

— Quand je décide de faire une chose, je la fais bien, répondit-il d'un air languissant. Mais il y a peu de choses qui en valent la peine.

Il se rapprocha et lui parla franchement, effleurant d'un doigt sa robe jaune.

— Vous vous habillez bien.

Elle rougit, envahie de plaisir, mais Derek avait déjà abordé un autre sujet de conversation.

Il faisait maintenant beaucoup plus chaud. L'air était étouffant et de sinistres nuages noirs s'amoncelaient à l'ouest. Mrs Jaines leur conseilla de rentrer et de se doucher avant le repas, mais Derek se joignit aux hommes réunis autour de la cheminée extérieure et prit un cocktail. Il ne se changerait pas avant de manger.

Anna choisit de garder sa robe jaune pour le buffet – « Vous vous habillez bien » – ;

ainsi, ils seraient deux à rester en tenue de tennis. Mais Derek lui préféra la compagnie des hommes et parut l'avoir oubliée. Elle fut aimable avec Rob et tâcha de ne pas regarder Derek qui lui tournait le dos, fermé et indifférent.

Les nuages bloquaient la moitié du ciel. Un vent violent se mit à emporter les serviettes en papier à travers tout le jardin, et les invités ramassèrent leurs assiettes et leurs couverts pour se replier vers l'intérieur de la maison. À l'instant où ils atteignaient la véranda, la pluie commença à tomber sur l'argenterie et s'abattit sur le toit dans un vacarme qui couvrait les voix. Anna fut ravie. Debout à la balustrade, elle frémissait de joie devant la violence de l'orage. Une ligne de feu zébra la nuit avec un crépitement qui se transforma en coup de tonnerre, si proche qu'il ébranla la maison. Quelqu'un dit « L'orage est trop près », et ils rentrèrent tous se mettre à l'abri des murs.

Anna secoua sa chevelure mouillée et son euphorie l'incita à s'avancer vers Derek.

— C'est formidable, non ? demanda-t-elle.

Les lueurs du feu éclairaient le visage hautain du jeune homme ; trempé par la pluie, décoiffé par le vent, il avait un air si magnifiquement farouche qu'elle sentit son cœur fondre et laissa tout son amour éclater dans ses yeux, l'invitant à l'accueillir, elle et son enthousiasme. Le miracle ne se renouvela pourtant pas : il lisait dans son âme comme auparavant, mais il voyait surtout l'ardeur avec laquelle elle se jetait sur lui. Un léger voile tomba devant ses pupilles et il sourit. Pour lui-même, pas pour elle.

— Oui, c'est joli, répliqua-t-il d'un ton morne, comme s'il s'ennuyait mortellement.

Un rideau de pluie glacée balaya l'esprit d'Anna. Son amour s'enflamma en réaction à tant de froideur, luttant avec des cris désespérés, et elle se mit à parler de façon très animée, la bouche gaie, le cerveau bouillonnant.

— Je sors toujours quand il y a de l'orage. Mes parents trouvent que je suis folle, mais je fais toujours des choses folles que personne d'autre n'a envie de faire. Je suis comme ça.

Tout ce qu'elle disait était bête, puéril et creux, c'était le genre de choses qu'il ne faut jamais dire. Elle essayait de le faire sortir de sa coquille, de le faire énoncer à haute voix tout ce qu'il exprimait par son regard, car tout ce qu'elle espérait semblait s'être effondré, comme mort.

Éperdue, elle se tourna vers le feu, pencha la tête d'un air moqueur et secoua ses cheveux noirs au-dessus de la chaleur pour que la flamme les fasse briller et en rehausse les reflets plus clairs. Plein de suffisance, il dit alors tout bas :

— Je n'aime pas les cheveux longs.

Ces mots firent à Anna l'effet d'une flèche ; une flèche qu'il aurait lui-même ornée de plumes et affûtée, visant délibérément droit vers son cœur. Elle blêmit sous l'impact, son cœur fut saigné à blanc et ses yeux se mouillèrent aussitôt de larmes brûlantes. Il était cruel, si cruel. Elle le détestait. Les vers d'un poète oublié déchaînèrent contre elle leur férocité : « Mon cœur saigne, blessé par les épines de la vie ! » Il l'avait volontairement détruite, et elle était éprise de lui.

Mrs Jaines, qui apportait le café, s'arrêta sur le pas de la porte et dit sèchement :

— Anna, tu as froid. Tu n'as pas du tout l'air bien. Va tout de suite te changer.

Dans sa chambre, Anna ne put verser une larme. Elle ne comprenait pas encore ce qui s'était produit, pourquoi il n'avait pas voulu ce qu'il demandait cependant avec tant d'éloquence. Il l'avait soulevée, hissée jusqu'à sa hauteur à lui, puis l'avait négligemment laissé retomber au milieu des rochers désolés. La perte dont elle souffrait était aussi amère que la mort.

Il était cruel. Mais elle le savait depuis le début. Elle était en partie responsable (a-t-on idée de fondre ainsi ?) et elle rougit de honte. Quand même, c'est lui qui était en demande, qui exigeait. Tandis que l'aigle s'éloignait dans un battement d'ailes, il ne restait plus à la créature innocente que la blessure laissée dans son flanc par le bec cruel. Elle l'aimerait à tout jamais. Elle porterait toute sa vie sa tristesse avec elle, sans que personne ne le sache jamais. Elle se rappela sa prémonition matinale : toute splendeur est éphémère.

Lorsqu'elle revint silencieusement au salon, les Carruthers prenaient congé et Derek caressait d'un air distrait les touches du piano. Tout le monde s'était levé pour s'en aller, sauf Rob. Derek dit au revoir aux parents d'Anna, puis se planta devant elle et dit mollement :

— Salut, Ann. On a bien joué, tous les deux.

Anna aurait voulu hurler « Non, ce n'était pas un jeu. Ce n'est pas juste ! », mais elle s'obligea à lui présenter un sourire crispé malgré ses yeux affligés qui trahissaient son chagrin.

— Salut, dit-elle.

Elle le vit passer la porte, avec insolence et désinvolture, sans regarder derrière lui.

Dès qu'il fut parti, elle sut ce qu'elle aurait dû répondre. L'air de ne pas y toucher, avec un peu de ce dédain qu'il pratiquait à merveille, elle aurait dû dire : « Ah oui ? Le jeu m'a semblé un peu inégal. » Cela aurait percé sa carapace d'ennui, elle aurait pu discerner dans ses yeux une lueur d'amusement et de respect avant qu'il ne parte, avant qu'il ne parte pour toujours.

Ses parents revinrent après avoir raccompagné leurs invités, et Mrs Jaines avoua que les Carruthers l'avaient déçue. Rob y alla de sa plainte, disant que leur partie de tennis avait été gâchée par ce prétentieux de Derek qui était parti dans son coin. Mr Jaines trouvait le jeune homme mal élevé et égocentrique. Anna affirma que Derek était meilleur au tennis qu'aucun d'entre eux.

— À mon avis, Anna est amoureuse de lui, lança Frederick.

— Toi, ferme-la ! lui cria sa sœur, furibonde.

Mrs Jaines la regarda avec une curiosité pénétrante. Anna comprit qu'il ne serait pas facile de lui dissimuler son secret.

Elle s'assit sur la balustrade. La pluie se mêlait à ses pleurs ; le ciel versait pour elle des larmes froides et elle contemplait le jardin dévasté. Que pouvait-elle sauver, quel souvenir garder de toute cette beauté, de toute cette angoisse ? Il ne lui avait presque jamais adressé directement la parole. À part les ordres criés durant la partie, il ne lui avait destiné que quatre phrases : « Je l'appellerai Ann », « Il vous plaît, à vous ? », « Vous vous habillez bien », et cette remarque intolérable mais délibérée – « Je n'aime pas les cheveux longs ».

Ce n'était pas tout, bien sûr. Ce n'était rien. Mais le reste était impossible à formuler. Le reste ne pouvait qu'être ressenti, douloureusement ressenti. Le contact de ses yeux, ce regard qui savait tout d'elle, le fait qu'il ait voulu la blesser, qu'il ait aimé la blesser. Elle fut tentée de se rabattre sur Rob, d'être gentille avec lui, de le pousser à l'adorer.

Malgré la douleur, malgré cette blessure violente, elle n'abandonnerait pas. Toute cette souffrance valait mieux que ce qu'elle trouverait en laissant Rob la consoler. La douleur et la joie se mêlaient étrangement. Elle acceptait ce martyre car c'était tout ce qu'il lui restait. Elle contempla la pluie qui continuait de tomber. Les pivoines étaient réduites à néant, une frange de pétales détrempés jonchait l'herbe.

Après la beauté venait toujours l'insupportable fin de tout. Emportée par les griffes de l'aigle, elle avait appris que la vie, malgré les apparences, vous dépouille de tout ce vous avez de plus précieux. Elle aurait beau tendre les mains pour serrer son trésor, il ne durerait jamais entre ses doigts.

« Seul l'amour dure », songea-t-elle avec peine. Elle se détourna de Rob dans l'intention de laisser couler ses larmes, mais elle s'aperçut qu'elle n'avait pas envie de pleurer. L'apitoiement sur son propre sort, c'était bon pour les enfants qui ne connaissaient de la vie que son aspect riant. Elle finirait peut-être par reconnaître, comme son père, que Derek était mal élevé et égocentrique (comme elle le pressentait déjà), mais plus jamais elle ne se mentirait, même pour se rassurer, puisqu'elle savait désormais que le côté sombre de la lune était fait de perte et de privation.

Une voiture se gara devant la maison. Les Carruthers revenaient chercher quelque chose qu'ils avaient oublié. Anna dit « Excuse-moi » à Rob, quitta la balustrade et monta dans sa chambre. Pas pour se cacher. Simplement parce qu'elle n'avait aucune raison de le revoir. Elle ne souhaitait ni se venger de lui ni obtenir qu'il renouvelle sa promesse. Elle entendit des bruits de pas, des propos échangés au rez-de-chaussée. Une chaise grinça, puis de nouveau des voix, dont celle de Derek, sur le pas de la porte. Elle n'éprouvait plus rien. Touchée par une sorte d'épanouissement, par une austère floraison interne, elle attendit en silence, dans la lumière filtrée par la pluie, que la voiture redémarre.

Madame

Madame montait l'escalier devant moi. En arrivant dans le hall faiblement éclairé, je la vis hisser péniblement son gros corps, une marche après l'autre, s'arrêtant chaque fois pour reprendre haleine avant de s'attaquer à la suivante. Une main gantée de noir s'accrochait à la haute balustrade. L'autre bras était chargé de paquets.

Ce soir-là, j'étais moi-même fatiguée. Cette victoire arrachée sur chaque marche au prix de mille tortures par l'énorme créature, c'en était plus que je ne pouvais supporter.

— Je peux vous aider à porter quelques-uns de vos paquets ? Vous en avez beaucoup trop.

Ses petits yeux, que l'effort ternissait encore un instant auparavant, se jetèrent sur moi.

— Ces jeunes ! Combien croyez-vous que j'en voie passer tous les jours devant moi dans cet escalier ? Vous croyez qu'ils s'arrêtent ? Qu'ils me disent même bonsoir ?

Ses yeux se troublèrent tout à coup et sa voix prit le ton de la jérémiade.

— Personne ne s'intéresse plus aux vieilles personnes. Je ne suis qu'une vieille femme et ils me laissent monter l'escalier toute seule. Merci, ma petite, merci. Vous êtes bien aimable. Vous ne devez pas ralentir votre allure de jeune fille heureuse à cause de ma vieille démarche. Non, non, je ne peux pas vous demander ça.

Ses gémissements avaient fait voler en éclats la générosité que j'étais si fière de manifester en m'arrêtant. Je redoutais les vieilles geignardes. Mais j'avais mis le doigt dans l'engrenage. Tout en protestant, je m'emparai de l'essentiel de ses paquets et je la pris par le coude. Dans un silence uniquement troublé par ses halètements, nous partîmes ensemble à la conquête de chaque pas, marquant chaque fois une pause avant d'en affronter un autre.

L'immense plafond, mosaïque de carreaux rouges et bleus, se voûtait au-dessus de nous jusqu'aux ombres du premier étage. Le bâtiment avait jadis été un hôtel particulier avant l'incendie de San Francisco, mais il était à présent en pleine décrépitude ; d'une hauteur et d'une largeur démesurées, les escaliers servaient matin et soir à mettre à l'épreuve les muscles des locataires. J'y avais souvent aperçu la vieille femme, qui entreprenait quotidiennement de laborieuses pérégrinations entre son logis et le monde extérieur. J'ignorais son nom ; je pensais ne jamais l'avoir su. Le propriétaire l'appelait Madame, et c'est ainsi que nous nous adressions tous à elle lorsque, comme moi ce soir-là, nous n'étions pas totalement accaparés par nos soucis personnels.

Il nous a fallu une bonne dizaine de minutes pour venir à bout de l'escalier. Je transportai les paquets dans son appartement. Ses petits yeux se mouillèrent à nouveau lorsqu'elle me prit le bras pour se répandre en remerciements.

— Asseyez-vous, ma petite, asseyez-vous. J'aimerais tellement que vous restiez une minute. Les jeunes gens n'ont plus le sens de la courtoisie, mais vous, vous avez eu une pensée pour une vieille femme. J'aimerais vous montrer quelques-unes de mes affaires. Vous n'avez peut-être pas le temps. Vous m'en avez déjà accordé tellement. Mais je suis sûre que cela vous intéresserait. Vous pouvez rester dix minutes ?

Vous me feriez tellement plaisir. Personne ne vient me voir. Mes affaires vous plairont, je vous assure. J'ai ici de vrais trésors.

Jacassant d'une voix de crécelle, elle s'avança lourdement à travers la pièce. C'était l'un des plus beaux appartements de l'immeuble, avec trois grandes fenêtres et une cheminée parée de carrelage blanc. La table, le canapé et les chaises étaient recouverts de petits morceaux de tissu, de plumes, de dentelle, de soie.

— Vous n'imaginez pas comme on se battait autrefois pour mes créations. Chez l'un des meilleurs couturiers parisiens. La comtesse de P… n'avait que mon nom à la bouche. Une des meilleures maisons. Lui, il me disait : « Madame, allez vous promener sur les boulevards, non, prenez un fiacre, prenez un fiacre et passez-y la matinée, la journée même, mais rapportez-moi un costume, une de vos créations. Prenez un fiacre. Allez-y ! » Alors je prenais un fiacre, je me promenais sur les boulevards, et en revenant je lui créais un costume, ou une robe. Il était fou de joie. « Prenez un fiacre, Madame », me disait-il toujours.

Elle ouvrit une gigantesque armoire dont elle se mit à tirer des quantités de vêtements, des brocards de soie, de lourdes popelines moisies, des manteaux et des robes dans le goût des années 1890, à la taille minuscule et à la jupe ample, des tissus superbes, plissés, froncés et ruchés à l'infini, avec du galon, de la fourrure et des plumes à profusion. Elle brandissait une par une ces splendeurs vieilles d'un demi-siècle.

— Ce n'est pas magnifique, tout ça ? criait-elle. Ce n'est pas magnifique ? Aujourd'hui, les femmes ne savent plus s'habiller. Regardez cette popeline bleue. Elle coûtait quinze dollars le mètre. Et ces jolies tailles pincées ! Vous me croiriez si je vous disais que j'ai porté celle-là, ma petite ? Oui, un printemps, juste avant mon remariage. Mon second mari était si fier de ma silhouette. Je pouvais me prendre la taille entre les deux mains. Mais maintenant je suis vieille, si vieille !

Son énorme corps fut secoué par un soupir gargantuesque.

— Les femmes à la mode étaient si élégantes, en ce temps-là. J'avais le génie de l'élégance. Lui, il me disait toujours que j'avais le génie de l'élégance. Vous savez, ma petite, qu'il m'envoyait passer toute la matinée sur les boulevards ? « Prenez un fiacre, Madame », me disait-il toujours.

Ses petits yeux noirs pétillaient d'un air accusateur, comme si j'avais osé contester le récit de ses triomphes. Puis, soudain, ils furent de nouveau baignés de larmes.

— Il y a une gamine, une bonne petite, qui travaille à la boulangerie au coin de la rue. Elle est toujours bien gentille avec moi. Laissez-moi vous montrer quelque chose. Elle n'en sait rien, mais je vais lui faire une surprise, un cadeau merveilleux. Elle a si bon cœur, comme vous, ma petite, elle est bonne avec les vieilles personnes.

Elle se mit à fouiller sur la table, dans le pêle-mêle de tissus.

— Je suis en train de lui fabriquer ça. N'est-ce pas que c'est adorable ?

Elle tenait un chapeau informe et pointu, une sorte de reproduction molle d'une casquette de randonneur, en soie brune avec un galon doré, à bords larges et tombants, une véritable horreur. Elle y avait déployé tout son art dans le maniement de l'aiguille, et le résultat était d'une laideur inimaginable, surnaturelle. De sa grande main ridée, Madame caressait sa création.

— On ne trouve plus de soie comme ça aujourd'hui. C'était une robe du soir, mais je l'ai découpée. Essayez-le donc, ma petite. Ce chapeau vous irait à la perfection. Mon Dieu, vous avez des cheveux si épais, j'ai peur qu'il soit trop petit. Mais il vous irait très bien. Vous savez ce que je vais faire ? Quand j'aurai fini celui-ci, je vous ferai le même. Il me reste beaucoup de tissu. J'aimerais vous en fabriquer un pour vous remercier d'avoir si bon cœur. Et peut-être, s'il plaît à vos amies, elles m'en commanderont d'autres. Vous n'en trouverez nulle part de pareil, il est vraiment unique. Dès que j'aurai terminé celui-ci, vous viendrez pour que je prenne votre tour de tête. Ne partez pas tout de suite, ma petite. Vous avez bien encore cinq minutes pour une vieille femme comme moi. J'ai si peu de visites. Je veux vous montrer mes poupées.

Elle ouvrit un grand tiroir de son armoire.

— Je les habille depuis des mois. Je leur ai sacrifié quelques-uns de mes plus précieux trésors, mais elles le valent bien, les chéries ! Regardez cette jolie petite blonde.

Il s'agissait d'une dizaine de poupées ordinaires, au sourire niais et aux boucles brunes ou blondes, mais quant à leurs tenues, le doute n'était pas permis : elles arboraient bien les créations de Madame. Avec leurs tailles de guêpe et leurs robes à traîne, elles reproduisaient en miniature les toilettes qu'elle m'avait montrées un instant auparavant.

— Vous voyez, ma petite, j'ai soigné tous les détails, je leur ai même fait de jolies chemises. Et elles ont toutes leurs trois beaux jupons : un en flanelle pour qu'elles aient bien chaud, un blanc à volants, plus délicat, et un en soie pour être élégantes. La blonde, c'est ma chouchoute ; vous n'avez encore jamais vu un velours comme ça. Pour Noël, je les offrirai à de gentilles fillettes. Vous ne croyez pas qu'elles ont tout pour faire le bonheur d'une fillette ? Une dame si élégante qu'on a pour soi toute seule ?

D'un seul coup, son regard s'était fait suppliant. La terreur que j'y lisais démentait l'assurance de ses propos. Je contemplai la poupée blonde. Avec sa bouche de pin-up, la tête en porcelaine faisait l'effet d'un anachronisme au-dessus de sa tenue antique. Le velours prune de la robe était moisi et raide comme de la toile à matelas. Je sus immédiatement ce qu'en penserait une petite fille moderne, mais je me gardai bien de le lui dire, submergée par une vague de pitié.

— Elles sont parfaites, Madame, elles sont superbes ! Je n'ai jamais vu des costumes aussi exquis.

Je me montrai extrêmement enthousiaste, d'autant plus que je redoutais un peu d'être démasquée par ses yeux implorants, au cas où ils auraient soudain recouvré leur sagacité. Mais elle avait trop besoin qu'on la rassure.

— Merci, ma petite. Je suis si contente d'avoir l'opinion d'une jeune fille. Je leur ai consacré tellement d'heures de travail, à mes petites chéries. Vous n'imaginez pas comme il a fallu que je prenne sur moi pour tailler dans mes robes. C'est la première fois…

Elle se tut, plongée dans une rêverie momentanée. Puis elle revint à la charge, l'œil pétillant.

— Vous allez en prendre une. Vous connaissez sûrement une fillette qui adorerait en avoir une. Vous pourrez la lui offrir pour Noël. Je n'en demande que six dollars. C'est un prix absolument ridicule. Vous n'avez qu'à voir la qualité des tissus. Et j'ai dû acheter les têtes, qui m'ont coûté deux dollars pièce. Pour six dollars seulement, vous pourrez choisir n'importe laquelle, même ma blonde adorée.

Je m'en voulus tout à coup d'avoir une fois de plus succombé à ma sensiblerie. Je me mettais toujours dans des situations impossibles, à prendre en pitié des gens qui se servaient ensuite de moi. Quelle plaie, cette vieille baleine avec ses poupées à six dollars !

— Je suis désolée, dis-je aussi sèchement que possible. Je ne travaille ici que depuis deux mois, et six dollars, c'est une grosse somme pour moi. Et puis je ne connais pas de fillettes.

Je me repentis aussitôt de mes paroles. Son vieux corps lourd parut s'effondrer et ses yeux reprirent leur air de chien battu.

— Bien sûr, ma pauvre petite. Je ne veux pas insister. Ne croyez surtout pas que j'essaye de vous convaincre. Mais vous êtes d'accord, elles sont très belles ? Une fillette adorerait en avoir une ? Cela va de soi. Vous n'avez pas idée du prix de tous ces tissus quand ils étaient neufs. Et la coupe est parfaite. Je vous ai dit qu'on m'envoyait faire des promenades en fiacre ? Je créais des modèles extraordinaires. J'arriverai à les vendre, n'est-ce pas ?

J'eus honte d'avoir été si brutale. Je lui affirmai encore une fois que ses poupées étaient d'une beauté indescriptible, qu'elle les vendrait évidemment et que n'importe quelle fillette serait ravie d'en posséder une. Quelqu'un lui dirait peut-être le contraire, mais pas moi. Je ne maîtrise pas ce genre de courage.

— Merci, ma petite. Je suis si contente d'avoir eu votre avis. Vous partez déjà ? Mais oui, bien sûr, je vous ai retenue si longtemps. J'espère que vous reviendrez. Je ne peux pas vous dire tout le plaisir que m'a fait votre visite. Il y a si peu de jeunes gens qui sont aimables avec les vieilles personnes. Vous reviendrez me voir ? Promettez-moi de repasser dans un jour ou deux. Je veux prendre votre tour de tête.

En montant au deuxième étage pour enfin passer à table, je me demandai si elle avait vraiment besoin d'argent. Son logement était tellement supérieur au mien.

Deux semaines plus tard, le propriétaire m'apprit que Madame avait fait une chute dans l'escalier et qu'on l'avait emmenée à l'hôpital pour une fracture de la hanche. Selon lui, elle ne s'en remettrait pas. Elle était si lourde, si vieille. Je n'étais jamais retournée la voir, malgré ma promesse. Je n'avais que vingt ans, et j'avais terriblement peur qu'elle me fabrique un chapeau.

Ellie Pearl

Ellie Pearl avait peur. Le parfum des arbres était trop suave et trop fort à la fin du jour ; l'odeur de la terre mouillée, de la résine et des aiguilles de pin, comme lorsqu'elle était petite et qu'elle courait pieds nus dans tous ces sentiers qu'elle connaissait par cœur, dans les pinèdes, sur le sol de granit ; lorsqu'elle courait, vive et précise, sans regarder où son pied se posait. Cette odeur revenait à présent, trop forte, alors qu'elle montait les derniers mètres de ce sentier forestier, marchant sur des aiguilles de pins sèches sur lesquelles elle glissait à cause de ses chaussures de ville à la semelle de cuir lisse. Le chant des grillons était bruyant, les arbres si noirs et si épais qu'entre les troncs, le ciel crépusculaire semblait illuminé. Une petite chouette hulula dans la montagne et ce hululement descendit vers Ellie Pearl en tremblant, comme craintif. C'était un bruit sûr, un bruit craintif mais sûr, comme les arbres s'agitant légèrement dans l'ombre. Elle dit tout haut :

— Laissez-moi un peu de place, je vous en prie ; laissez-moi du temps. Ne me bousculez pas. Parce que je ne m'attendais pas à renouer avec vous aussi subitement.

En arrivant au gué, elle dut s'arrêter pour écouter la rivière couler. L'eau ne cessait de jaillir, avec une vigueur ininterrompue, surgie de nulle part, là-haut dans la montagne, et elle descendait la vallée vers un endroit qu'Ellie Pearl n'avait jamais vu. Elle dut s'accroupir pour chercher les rondins à tâtons tellement l'eau était noire. Elle en toucha le dessus, là où le bois à moitié pourri se décomposait en petits fragments, puis le dessous, hérissé de mousse. Elle songea qu'elle risquait fort de s'y coincer les talons et de tomber si elle traversait, pensa à sa robe en rayonne bleue, aussi fragile que du papier, avec ses boutons de verre taillé qui scintillaient à la lumière du jour, et elle ne parvenait pas à imaginer ce qu'elle ferait si elle la mouillait. Curieusement, peu lui importait de la mouiller, entourée dans cette forêt par toutes les odeurs et les bruits de la nuit. Finalement, elle ôta ses chaussures et ses bas, les prit dans une main et sa valise dans l'autre, puis s'avança sur le gué et sentit sous ses pieds nus le contact du bois friable. Le murmure de la rivière ne provenait d'aucune direction en particulier, et à mi-chemin, succombant à la griserie de tout cet espace, elle dut se courber pour chercher les rondins devant elle : elle sentit l'air froid brassé par le déplacement de l'eau, sur ses mains, sur son visage, elle sentit l'odeur du bois pourri. Elle poursuivit, pliée en deux, tâtant le terrain du bout des pieds.

Une fois le gué franchi, elle bondit dans l'herbe haute et s'assit. La pointe des herbes lui grattait les coudes. Elle décida de remettre ses bas et ses chaussures parce qu'elle voulait faire bonne figure lorsqu'elle arriverait à la maison. Elle éprouva une impression étrange, assise à cet endroit, cherchant ses bas dans l'obscurité. Pendant une minute, elle n'eut plus la moindre idée de qui elle était. Elle se rappelait clairement la dizaine de kilomètres qu'elle avait parcourue dans la montagne à la nuit tombante depuis la route pavée où elle avait quitté l'autobus, elle se souvenait de chaque pas, sur le chemin de terre et les blocs de pierre, entre les cèdres et les buissons d'airelles. Mais c'est comme si elle avait rêvé de l'autobus, avec ses sièges en imitation cuir, ses vitres qu'on pouvait baisser ou remonter, son chauffeur qui avait à côté de lui un grand miroir dans lequel il pouvait surveiller tout l'intérieur pendant qu'il pilotait son imposant véhicule ou l'arrêtait d'un simple mouvement du bras, la tête haute, sans prêter aucune attention aux passagers qui sortaient.

D'ailleurs, elle ignorait d'où elle était venue, bien que ce matin encore, le bureau où sa machine à écrire trônait dans l'angle près de la fenêtre lui semblât le seul endroit réel et agréable au monde. Et Mr Brian, du service des ventes, qui lui touchait toujours le coude lorsqu'elle s'asseyait pour noter ce qu'il lui dictait, Mr Brian dont les vêtements et la peau étaient si lisses, comme une brioche fraîchement beurrée, Mr Brian la ravissait par la manière dont il la contemplait à travers ses yeux mi-clos, poursuivant sa dictée en lui laissant entendre que cette lettre ne l'intéressait pas du tout, alors que leurs regards ne cessaient de se rencontrer. Il l'avait emmenée six fois au cinéma et lui avait parlé de l'argent qu'il mettait de côté ; il l'avait embrassée respectueusement, le deuxième soir, en la chatouillant avec sa petite moustache hérissée. À présent il n'était plus rien, comme un personnage dont elle aurait rêvé une nuit, quelque part. Elle rattacha ses chaussures et se mit debout, très raide, dans l'herbe épaisse. Elle se remit à marcher dans cet air embaumé par la résine. Le gargouillis de l'eau se tut peu à peu, jusqu'à s'éteindre entièrement. Le silence chantait dans ses oreilles, l'obscurité était totale. Elle continua à avancer, glissant sur les aiguilles de pin.

Elle devait avoir dévié du chemin quelque part entre les arbres, car lorsque le ciel reparut devant elle, elle se retrouva à la lisière de la forêt. La vieille clôture de bois bornait le pré en contrebas, parsemé de rochers tout blancs à la lumière des étoiles. Elle escalada la clôture en prenant garde de ne pas abîmer sa robe, capta le parfum d'un feu de bois et foula d'un pas maladroit le sol accidenté, jusqu'au moment où elle vit surgir les chênes qui ombrageaient la maison et le soudain carré jaune que découpait la fenêtre de la cuisine où la lampe était allumée.

Maman était en train de rouler un gros bloc de pâte dans la farine, sur la table. La même toile cirée jaune que l'année précédente, si ce n'est que les coins usés laissaient voir le bois et que le jaune était devenu blanc sur le dessus. Grand-mère était assise dans son fauteuil à bascule, la tête baissée, partie en voyage au pays du sommeil. C'était une petite femme frêle ; son nez et sa bouche se rejoignaient, donnant à son minois fripé l'apparence d'un museau de chat. Au mur, sur son applique, la lampe formait une tache de clarté : sa cheminée en verre fumait un peu mais n'était pas noircie. Papa et Ruby étaient assis près du poêle. Ruby, les cheveux relevés, lisait le catalogue – le livre des souhaits –, comme elles le faisaient jadis ensemble. Voûté, fatigué, Papa avait posé sur ses genoux ses mains dures, épaisses et ridées.

— Ellie Pearl ! s'écria Maman.

Personne ne sut que dire, et Ellie Pearl ouvrit sa valise à terre pour leur remettre leurs cadeaux. Elle avait apporté pour Maman une bouteille de parfum à la violette avec une image de violettes sur le flacon, un fil d'or noué autour du goulot et un bouchon doré. Pour Papa, une livre de tabac Velvet, dans une boîte rouge où était peinte une pipe. Pour Ruby, elle avait une bague ornée d'une pierre bleue entourée d'un petit cercle de strass.

L'anneau s'adapta parfaitement au médius de Ruby ; Ruby aimait l'idée de le porter sur ce doigt-là. Ellie Pearl eut le cœur gros en sentant une distance se creuser entre sa sœur et elle ; elle vivait en ville, elle avait pris le train et la grand-route, et elle savait désormais à quel doigt une bague se met. Pour Grand-Mère, elle avait acheté un carré de soie à motifs de bouquets de roses qui lui avait coûté un dollar. Elle avait aussi des cadeaux pour les autres, mais son frère True était parti à un bal à la Grange et les autres enfants étaient déjà couchés. Elle aurait aimé les revoir ce soir-là, parce qu'elle n'avait qu'une semaine de vacances avant de devoir repartir sur la route et reprendre le bus qui la reconduirait en ville.

Le lendemain matin, elle mit sa vieille robe rouge qu'elle avait laissée dans l'armoire l'année précédente et ses chaussures plates, presque percées, qu'elle avait également laissées. Pour un mois d'août, le fond de l'air était frais, et on appréciait le feu qui crépitait dans le poêle à bois, lançant des flammes dans le tuyau.

Ellie Pearl prit le seau et sortit pomper un peu d'eau. Sous les chênes, elle fut saisie par le froid du matin et l'odeur de l'air pur. Elle s'étonna d'avoir oublié ce que l'on ressentait dehors de bonne heure, quand les parfums montent comme si tout venait d'être fabriqué pendant la nuit, avec les toiles d'araignées mouillées de rosée dans l'herbe, le ciel qui pâlit à l'est, de moins en moins gris.

Elle amorça la pompe et se mit à manœuvrer le levier de fer. Ses bras en avaient curieusement perdu l'habitude. L'eau ne jaillissait pas encore qu'une grosse main brune sortant d'une manche de chemise bleue s'empara de la poignée. Elle lâcha prise et True pompa à sa place, comme un homme fort, ses genoux détendus, ses épaules musclées fléchissant et se redressant avec une souple puissance. Il se dégageait de lui cette vague odeur de terre et de sueur qui appartient aux hommes. Mentalement, Ellie Pearl se vit regarder dans un long tube, comme par le mauvais côté d'un télescope, au bout duquel elle se rappelait, minuscule, l'odeur des trottoirs et des gaz d'échappement, une odeur d'homme faite de lainage, d'une sorte de lotion épicée et d'un léger relent de cigare. En y songeant, elle fut stupéfaite.

— Tu repars ? demanda True.

— Bien sûr.

Bien sûr qu'elle repartait.

— J'ai fini mes études de dactylo et je travaille chez Goldring et Fils. J'ai déjà économisé vingt dollars. Quand j'en aurai cinquante, je me mettrai à la comptabilité.

— Tige Tigard avait invité Margaret Walton au bal, hier soir, dit True d'une voix monocorde.

— Tant mieux pour lui, répondit Ellie Pearl.

Elle se dit que les matinées étaient bien froides en montagne, et elle chassa Tige Tigard de son esprit.

— Tu veux que je t'aide à porter le seau ? suggéra-t-elle.

True éclata de rire, s'empara du seau plein à ras bord et remonta sur le porche de bois grinçant.

— Je suis contente de savoir qu'une de mes enfants a eu assez de cran pour quitter ces montagnes, dit Maman.

Papa ne broncha pas.

— Les hommes ne savent pas ce que c'est, reprit-elle. Sarcler, cuisiner, frotter, laver, nettoyer du matin au soir.

Maman avait huit enfants.

— Tu oublies repriser, faire le beurre et les conserves, dit Ruby. Et – elle regardait d'un air furieux ses mains maigres et brunes comme celles d'un jeune homme – s'égratigner à cueillir des mûres, s'entailler à dépecer des lapins.

Comme si elle avait eu ce corps ferme et charnu entre les mains, Ellie Pearl se souvint tout à coup ce qu'on éprouve lorsque l'on dépèce un lapin, la tête avec ses oreilles velues qui paraît hébétée mais aussi naturelle que la vie, le couteau qui tranche au milieu, qui découpe une entaille dans chaque jambe, la fourrure qui se détache d'une seule pièce, comme un manteau.

Ellie Pearl était accroupie sur la terre molle du jardin, sous le soleil de midi. Elle détachait des feuilles de courge les œufs pondus par les punaises vertes et les mettait dans un sac en papier qu'elle jetterait dans le poêle. Il faisait chaud et les plantes sentaient la poussière. Maman exagérait, comme si à cause de son travail Ellie Pearl ne pouvait plus revenir à la maison et se sentir chez elle. Henry et Loyal, ses frères cadets, et la petite Sophia en paraissaient tout gênés, ils n'osaient pas s'approcher d'elle ; elle les avait beaucoup embrassés et les avait un peu secoués pour qu'ils surmontent leur réserve et se comportent normalement. Maman n'avait aucune raison d'être ainsi. Ce n'était pas comme si elle avait beaucoup fait pour sa fille. D'accord, Maman l'avait toujours incitée et encouragée à partir, mais c'était elle, Ellie Pearl, qui en avait pris la décision.

Elle avait aussi travaillé pour tout se payer. Maintenant elle avait de beaux habits, et elle partageait avec sa colocataire une salle de bains où il y avait un miroir et une baignoire blanche avec de l'eau qui arrivait par un robinet. Et Mr Brian lui avait dit que lorsqu'il se marierait, les jolies mains de sa femme ne deviendraient jamais rouges et calleuses parce qu'il ferait installer un lave-vaisselle et d'autres machines qui facilitaient la besogne. Mr Brian avait des réductions sur presque tout parce qu'il savait s'y prendre. Pour son anniversaire, il lui avait offert un sac du soir en tissu argenté avec à l'intérieur un poudrier lui aussi argenté orné d'un vase de fleurs en émail bleu. Mr Brian s'était procuré le tout à moitié prix parce qu'il connaissait quelqu'un au magasin où il avait fait ses emplettes. Ellie Pearl n'avait pas eu besoin qu'on l'encourage à vivre en ville, parce qu'elle l'avait décidé toute seule et qu'elle ne le regrettait pas.

Ce dimanche-là, en fin d'après-midi (Ellie Pearl était revenue à la maison un samedi), une vieille voiture arriva en cahotant dans les ornières de la route : les deux frères mariés d'Ellie Pearl venaient la voir, avec leurs épouses et une cruche de cidre. Tout le monde prit place sous la véranda, et elle fut informée des principaux événements survenus durant cette année de séparation : les Mahlon et les Caswell avaient porté devant le tribunal le litige concernant l'accès à l'eau de la Sucker Creek ; Chip Mahlon était censé avoir violé l'interdiction du maître des eaux en détournant à son profit un torrent qui revenait de droit aux terrains situés en aval. Il y avait eu deux ou trois mariages, dont aucun n'était surprenant hormis le fait que les demoiselles avaient l'âge d'Ellie Pearl ou étaient même plus jeunes de quelques années – elle envisagea de leur dire qu'en ville, les gens ne se mariaient pas aussi tôt, mais elle s'en abstint parce qu'elle aurait eu l'air de critiquer.

Le toit de l'étable était le théâtre d'un va-et-vient constant d'hirondelles, évoluant avec souplesse, sans devoir battre des ailes. Dans le pré, un veau meuglait.

True raconta qu'en avril, Tige Tigard avait abattu un couguar dont il avait fait tanner la peau pour en faire un tapis. Il fit ce récit sans regarder Ellie Pearl, mais c'était à elle qu'il s'adressait, car les autres étaient déjà au courant.

L'obscurité s'étendait déjà sur la vallée, et quand le coteau commença à s'assombrir, la lune apparut à l'ouest, mince faucille se découpant dans le ciel. Ellie Pearl la vit d'abord par-dessus son épaule droite, blanche et mince dans le bleu profond, soulevant sa corne basse pour empêcher la pluie de tomber. Ce n'était peut-être pas tout à fait une nouvelle lune, mais c'était un porte-bonheur parce qu'elle l'avait aperçue par-dessus son épaule droite.

Quand les hommes revinrent de l'étable où ils avaient trait les deux vaches, Maman les appela tous à table : avec Ruby, elle avait préparé un gâteau et de la glace. En mangeant sa première cuillerée de glace, Ellie Pearl lui trouva un goût de toile de jute, un goût salé acquis dans la glacière. Cette sensation la rendit soudain nostalgique : elle aurait voulu redevenir une petite fille, poser sa tête sur ses bras contre le poteau de la véranda et se soulager en pleurant sur le temps perdu qu'on ne rattraperait jamais.

Ce n'est que le mardi que Tige Tigard vint à la ferme, uniquement pour rendre un collier de cheval qu'il avait dû emprunter afin de rentrer sa luzerne, les attelles du sien étant brisées. De sa part, cet emprunt étonnait : Tige se souciait bien moins des questions agricoles, d'ordinaire. Il préférait chasser dans les collines.

Ellie Pearl avait oublié qu'il était si grand. Lorsqu'il arriva dans la cour, elle fut frappée en le voyant descendre de cheval : un homme large d'épaules, aux cheveux noirs un peu longs, plaqués en arrière, une bouche ferme dans un visage basané, des yeux de chasseur, toujours tournés vers les grands espaces où ses pieds rêvaient de gambader. Deux ans auparavant, Tigard s'était acheté sa propre terre, dans les hauteurs, près du col, dix hectares de prairie bordés par un torrent, avec beaucoup d'arbres. La maison n'était guère plus qu'une cabane, mais Tige y avait ajouté une véranda, où il pouvait s'asseoir les pieds en l'air pour contempler la vallée.

Ce jour-là, Tige Tigard avait une chemise bleue toute propre et portait son couteau de chasse. Il resta un moment sans rien dire, et Ellie Pearl sentait tout près d'elle la présence solide de ce corps d'homme. Il finit par lui demander s'il pouvait l'inviter au bal samedi soir.

Elle fut ravie d'apprendre ainsi que Margaret Walton ne le tenait pas pieds et poings liés, car Margaret ne lui semblait pas d'une nature très prometteuse, du moins pour un homme comme Tige.

— Je serais enchantée d'assister à ce bal en ta compagnie, Tige Tigard, répondit Ellie Pearl.

Tige plissa les paupières et elle affronta son regard sans ciller.

— Tu parles bien joliment, Ellie Pearl, pas vrai ?

Dans les yeux du jeune homme brillait comme un sourire.

— Je ne vois pas pourquoi je ne m'exprimerais pas avec élégance si j'en suis capable, Tige Tigard, répondit-elle, sans savoir pourquoi elle était si agacée et contrariée par sa propre attitude.

Ellie Pearl s'inquiétait sans raison : elle était chez ses parents et rien ne perturbait sa vie. Parfois tout semblait simple, familier, et elle éprouvait un pur bonheur, comme en récurant les vieilles casseroles jusqu'à ce qu'elles étincellent ou en humant l'odeur du pain frais sortant du four. Mais à d'autres moments, surtout lorsqu'elle se promenait en montagne, foulant du pied le granit, pour arriver au point d'où l'on avait la vue qu'elle préférait depuis sa plus tendre enfance, elle s'asseyait sur la pierre, sur cette roche blanche veinée de stries granuleuses dorées et noires – la plus belle de toutes les roches –, elle admirait les lézards qui détalaient, le ciel qui n'était qu'une page de bleu ininterrompu, et toute sa joie s'évanouissait, perdue. Elle était alors traversée par une vague sensation de manque, sans savoir à quoi elle aspirait. En fait, tout allait bien. Sa famille était si contente de la voir revenue, tout le monde était fier d'elle, elle retrouverait bientôt le bureau, Mr Brian, le cinéma, les journaux, la foule dans les rues, foule dans laquelle elle savait qu'elle avait sa place. Pourtant, elle était triste, solitaire, sans raison apparente puisqu'elle avait tout, absolument tout ce qu'elle désirait. Malgré cela, le manque creusait en elle un vide.

Le vendredi matin, elle confia ses soucis à sa grand-mère, après avoir disposé pour la vieille dame un fauteuil à l'ombre des chênes et lui avoir mis sa bible sur les genoux. Ellie Pearl songeait parfois que Grand-Mère s'intéressait beaucoup trop à la Bible, qui la rendait bien malheureuse, mais à quoi bon en parler à Maman, qui avait ses idées bien arrêtées et ne réfléchissait pas plus loin, ou à True, trop satisfait de son sort pour penser à quoi que ce soit ? Et Ruby était trop jeune, trop inexpérimentée.

Ellie Pearl s'assit dans l'herbe verte et drue, fraîche et douce contre ses jambes nues.

— Grand-Mère, qu'est-ce qui m'arrive ? Je devrais être heureuse, ici, mais je suis complètement désespérée.

Le petit visage fripé de la grand-mère s'agita un instant avant de retrouver son calme.

— Tu as voulu aller à la ville, ma petite fille, et tu en payes le prix, oui, tu en payes le prix. Chacun récolte ce qu'il a semé. Quand j'étais jeune, je semais le vent, et par la suite j'ai récolté la tempête, ma vie durant, et je m'en repens. Amèrement.

— Tu veux parler de l'incendie ?

Ellie Pearl se rappelait que Grand-Mère et Grand-Père avaient tout perdu lorsque les feux de forêt qui avaient obscurci le soleil pendant un mois avaient brûlé l'ancienne maison, quand Papa était encore bébé.

— Tout ce que tu désires et convoites se dessèche dans ta main.

Les vieilles mains de Grand-Mère se tordaient, serrées l'une contre l'autre.

— Une fois le marché conclu avec le Seigneur, ta punition est de recevoir ce que tu demandais.

— Mais je ne sais pas ce que je veux, tenta d'expliquer Ellie Pearl. Je ne regrette rien de ce que j'ai fait. Mais je ne suis pas heureuse.

— J'ai choisi les biens de ce monde, poursuivit la voix de l'aïeule, perdue dans le passé. J'aurais pu avoir la joie, mais j'ai choisi les biens de ce monde. Le royaume des cieux est une perle de grand prix, gémit-elle de sa voix flûtée de prédicatrice. Vends tout ce que tu as afin de l'acheter.

Sa petite tête dodelinait au bout de son cou.

Le soleil scintillait sur l'herbe, projetant des taches de chaleur, et les grillons chantaient à tue-tête.

Le samedi, jour du bal, Ellie Pearl emprisonna ses cheveux blonds dans des bigoudis en aluminium qu'elle avait achetés au bazar, en ville, afin d'avoir la tête toute bouclée. Cela lui allait si bien. C'était la coiffure à la mode, même si Tige Tigard ne le savait pas. Puis elle sortit son sac à main argenté et y glissa un mouchoir.

Tige Tigard vint la chercher en voiture. Ce n'était pas la sienne, il l'avait empruntée. Il la laissa monter toute seule, et elle se rappela pendant une minute que Mr Brian lui ouvrait toujours la porte de sa Chevrolet et lui tenait le coude jusqu'à ce qu'elle soit bien installée. Tige ne l'emmena pas tout droit au bal. Il fit un détour par Eagle Rock, qu'ils avaient escaladé un jour, il y a bien longtemps. C'est là qu'il s'arrêta, et ils sortirent de la voiture. Ellie Pearl n'avait pas envie de s'asseoir au milieu des rochers à cause de sa robe, mais Tige se posa sur une pierre basse, les jambes étendues devant lui. Il portait un jean neuf et une chemise rouge à carreaux. Ses avant-bras étaient massifs, énormes et nus. Une demi-lune était suspendue dans le ciel, qui les éclairait mal. Le granit blanc les surplombait ; au clair de lune, les bois de pins en contrebas semblaient couler comme de l'eau.

— J'ai peint ma maison, finit par dire Tige.

— Ah oui ? De quelle couleur ?

— Eh bien, rouge. – Il parut furieux de devoir faire cette réponse. – De la peinture rouge pour les étables. Tu ne crois quand même pas que j'ai les moyens de me payer de la vraie peinture à deux dollars le litre ?

Elle aurait mieux fait de se taire, et elle cherchait autour d'elle un autre sujet de conversation.

— Tu as une bien belle paire de bottes, dit-elle.

Les bottes étaient très belles. Elles montaient jusqu'au genou, très souples, bien taillées.

— Faites à la main, répondit-il. Trente-cinq dollars. Il s'énerva plus encore et lui cria :

— Oh ! toi, tu ne sais vraiment rien de rien !

Ellie Pearl fut affreusement embarrassée : ils se disputaient déjà, elle l'avait humilié. Elle fit quelques pas sur la route blanchie par la poussière de granit. Ses hauts talons vacillaient sur la surface accidentée. Puis elle s'immobilisa et attendit. Un bruit provenait de quelque part dans la nuit, aigu, étrange. Elle attendit de mieux l'entendre, jusqu'à ce qu'un flux incessant d'appels farouches monte du lointain.

— Écoute, dit-elle.

Tige l'avait entendu, lui aussi, il était aux aguets.

En une minute, il en repéra l'origine et la lui désigna, mais elle ne voyait rien. Il s'approcha d'elle et lui tourna la tête vers le nord. Ils étaient là, sombres contre la lumière, un grand V de canards sauvages partant vers le sud dont la silhouette se découpait dans l'air en dessous de la lune. Comme une conversation étouffée, leur jacassement continu parvenait aux oreilles de ces deux êtres humains, tombant du ciel vers la terre. Ils regardèrent les oiseaux sans bouger, immobiles comme la montagne autour d'eux ; seules leurs têtes se déplaçaient pour suivre le vol tourbillonnant des canards. Les lignes du V s'évanouirent au sud, l'homme et la jeune fille ne bougeaient plus. Puis, à nouveau, les palabres se firent entendre, un autre grand V apparut, puis encore un autre, traversant la moitié du ciel, s'éparpillant irrégulièrement, puis se reformant en lignes parfaites. Il y avait là plus d'oiseaux que la terre ne pouvait en engendrer. Sans rien dire, tout près l'un de l'autre, ils les regardèrent disparaître au sud, jusqu'à ce que le dernier écho s'éteigne.

— Il est tôt, dit enfin Tige. Il gèlera tôt, cet automne.

— Comment peuvent-ils le deviner ? demanda Ellie Pearl, douloureusement mais avec insistance. Comment les oiseaux le savent-ils ?

Elle vacilla un peu, mais il la stabilisa d'un geste de sa main puissante.

— Ils sont obligés, répondit-il froidement. Ils le savent, et puis ils sont obligés.

Il se tut parce qu'il avait honte de mettre ces vérités en paroles.

Ellie Pearl contempla le ciel blafard, presque vidé de ses étoiles à cause de la lune. Elle posa ses mains manucurées sur les avant-bras de Tige Tigard qui la tenait. Sous la peau brune, les longs muscles noueux formaient comme des cordes. Elle chancela mais s'accrocha à cette rudesse silencieuse.

Puis Tige Tigard la fit simplement pivoter, la tenant toujours par les côtes. Il plaça son autre main sur sa nuque et pressa sa bouche contre la sienne. Elle vit ses cils comme des ombres pointues contre le clair de lune. Dans la chemise rouge à carreaux et le jean raide, son corps était ferme et vivant contre le sien. Il la fit ployer lentement d'avant en arrière, ses épaules s'agitaient comme un arbre balancé par le vent. Il sentait le whisky et les pommes, et Ellie Pearl tournait comme la terre, en orbite, sous la pression de cet homme, des montagnes et de la nuit. Quand le sac argenté s'échappa de ses doigts, elle ne remarqua même pas où il tombait.

Au-dessus de sa bouche offerte, elle voyait la tête de l'homme comme un nuage de force brute. Sous ses vêtements, il brûlait de désir pour elle, dans tout son corps. Ses mains exploraient les flancs de la jeune fille, qui tenta de s'interposer.

— Non, Tige, non.

Mais il l'enveloppait de chaleur, de tendresse. Ses mains soulevèrent la robe bleue et tremblèrent sur ses cuisses.

— Tige, non.

Il blottit son visage contre sa gorge. Il soufflait d'une haleine farouche, tout son corps se jetait contre elle, ses mains hésitaient.

— Ellie Pearl, Ellie Pearl, laisse…

Ces mots la foudroyèrent, ébranlant sa ferme intention, ouvrant les vannes au violent désir de céder qui était en elle. Le manque était comblé. Lorsqu'il la posa sur le granit grossier, elle se tourna vers lui et aida ses mains malhabiles.

— Oh ! Tige, oh ! Oh ! mon amour !

Alors même qu'elle lui enfonçait son visage dans les cheveux, elle voyait s'abattre sur elle l'ombre des années à venir comme des oiseaux aux ailes noires. Aussi clairement qu'un message écrit, cette vision lui révélait, au milieu de la joie, toute la cruauté future, la dureté, la longue privation, la souffrance. Elle accueillait ces mauvais présages, les serrait contre elle, contre ses seins, en même temps que le corps de l'homme.

Respirant doucement, ils restèrent étendus, immobiles, l'un contre l'autre. Ils ne voulaient plus bouger alors que les arêtes du granit leur blessaient les épaules. Les petits bruits de la nature chantaient en chœur dans leurs oreilles. Avant de se lever, Ellie Pearl songea finalement qu'avec ses vingt dollars elle pourrait acheter une truie qui leur permettrait de lancer un élevage de porcs. L'armée suivante, ils vendraient les jambons suspendus dans le cellier de leur maison rouge avec la peau de couguar comme descente de lit, là-haut, dans la prairie des montagnes, près des sommets.

Rupe Gittle

Dans les collines du sud de l'Oregon, le mois de mars vous donne envie de sauter comme un lièvre. Il pleut des cordes pendant deux semaines, continuellement, comme si la pluie ne devait jamais s'arrêter, et puis tout à coup c'est une semaine de temps chaud, presque comme en plein été, mais les rivières sont si hautes qu'elles débordent. Le blé d'hiver pousse de dix à douze centimètres, d'un beau vert jaune qui se répand sur toutes les pentes de la vallée, et de nouvelles pousses pointent sur la cime des pins et des sapins.

Mais c'est pas à cause du temps ou de ce qui pousse un peu partout qu'on a envie de sautiller et de se dégourdir les jambes. C'est pas à cause du vent qui arrive comme une claque des sommets encore enneigés en même temps que le soleil vous chauffe le dos. Enfin, c'est quand même à cause de quelque chose qu'il y a dans l'air, comme qui dirait une question à laquelle il faut répondre. Peut-être que, rien qu'en descendant la rivière jusqu'aux saules, ou en montant vers l'étable, on pourrait l'entendre et savoir une fois pour toutes ce que c'est, au lieu de tourner en rond.

Le vieux Rupe Gittle n'aurait jamais fait ce qu'il a fait si ça ne lui était pas tombé dessus à un drôle de moment comme ça. Rupe était encore bien pour ses cinquante ans. C'était un homme sérieux et respecté par tout le monde. Il habitait à côté de la Butcher Knife Creek, un beau terrain d'environ vingt-cinq hectares, principalement dans la plaine, et il possédait dans les cent vingt hectares de bois le long de la grand-route. Rupe était un bon voisin, il s'occupait bien de ses bêtes, et quelquefois il donnait un coup de main à sa femme quand il était à la maison, et ça, c'est plus que ce que font beaucoup d'hommes par ici, mais il n'avait pas vraiment d'amis proches.

Les gens l'aimaient bien, pourtant, mais il n'était pas facile à cerner. Il était pas comme les autres. Il n'y a pas deux hommes qui se ressemblent, pour sûr. Rien qu'en cherchant dans la vallée, on pourrait dire que Jake Roper est un grippe-sou, un sacrément bon éleveur, mais qui n'aide personne et qui est pingre sur la nourriture. Ou bien on pourrait montrer du doigt le vieux Gates, qui donnerait sa chemise à un inconnu, mais qui attendra des mois avant d'avoir le courage de réparer la clôture de son poulailler, et qui passe tout l'été à s'imaginer la belle récolte d'avoine qu'il fera sur ses terres au pied des montagnes mais qui est trop fainéant pour semer. Des hommes comme ça, ils sont pas comme les autres, mais ils sont pas bizarres. On sait comment les prendre.

Avec Rupe, on savait jamais à quoi s'en tenir. Par exemple, ça nous amuse tous, de temps en temps, d'aller chasser dans les collines, hors saison. On passe deux ou trois jours dans les buissons, on dort sur les rochers, le froid de la nuit passe à travers votre couverture, on n'aperçoit même pas un daim, et on rentre tout courbatu, en maudissant le sort. Là-dessus, Rupe était pas normal. Il se foutait pas mal de rapporter du gibier ou non. Il était toujours content. La moitié du temps, il partait sans cartouches pour son fusil, et quand quelqu'un rapportait un chevreuil, il mangeait son morceau, mais sans jamais dire « Demain, les gars, c'est mon tour d'en attraper un », comme on fait quand on mange ce que les autres ont abattu. Avec un bonhomme comme ça, on peut pas partager.

Ça fait cinq ans que je cultive les vingt hectares juste en dessous du terrain de Rupe, alors maintenant je le connais un peu mieux. Il faut le prendre comme le temps, qui fait tout le contraire des signes qu'il donne ; et comme le temps, ça paraît naturel, pas juste pour nous contrarier. C'est pour ça que maintenant je suis plus surpris par ses façons de faire. Mais ils trouveraient ça bizarre, dans le reste de la vallée, ce qu'il m'a raconté qui lui était arrivé en mars. Ça les tourneboulerait pire que ce qu'ils ont cru voir. Telles que les choses sont maintenant, je pense qu'ils y voient plus clair ; les femmes, ça les choque, et les hommes, ils trouvent ça marrant. Mais s'ils sentaient que ça les dépasse, ils n'aimeraient pas ça, ça les mettrait en colère. Ils sentent ce qui est honteux chez Rupe, pas ce qui est honteux chez eux.

Rupe commençait à labourer ses dix hectares quand il s'est mis a pleuvoir. Quand le temps s'est éclairci, la terre était trop mouillée pour qu'il continue. Il lui restait encore un mois avant de sortir ses vaches et il n'avait pas trop de travail. Alors un vendredi matin, il a traversé son petit bois jusqu'à la grand-route, en se disant qu'il allait évaluer ses arbres et trouver moyen d'en vendre soixante hectares à la scierie.

Il se promenait, tranquille, vu qu'il était pas pressé, et la mousse était spongieuse sous ses pieds. À l'ombre il faisait froid, mais dans les clairières, c'était plein de soleil. Comme il venait de pleuvoir, l'air sentait bon le propre. C'est là que les arbres qui s'agitaient l'ont agité lui aussi : quand un geai perché dans un pin gigantesque a poussé des cris perçants, il sentait presque ce que ça fait d'avoir des ailes et de crier du haut d'un pin, un matin au mois de mars.

Tout à coup, il a vu des feuilles avec des centaines de formes différentes, celles des arbousiers, longues et brillantes, celles des cèdres, plates et tombantes, les boucles roses sur les petits chênes, le sumac tout délicat et luisant, et il s'est demandé pourquoi les aiguilles de pin elles sont comme elles sont.

Il s'est avancé sur le pont, par-dessus la Butcher Knife, et en regardant couler la rivière, verte, profonde, écumante, pas comme le petit ruisseau qu'elle devient en été, quand on voit les graviers de toutes les couleurs sans devoir se baisser, en regardant cette eau impatiente, noire, violente, ses cinquante ans lui ont sauté à la figure et sont venus lui poser des questions auxquelles il ne savait pas répondre.

Il s'est arrêt chez Ed Soles. Ed était dans la bergerie à s'occuper d'une vieille brebis en train de mettre bas. Rupe s'est planté sur le pas de la porte, il a attendu de voir arriver le petit ; la mère énorme poussait, poussait, et l'agneau a fini par sortir, tout pataud, tout en pattes, avec sa laine mouillée et ses grosses taches noires autour des yeux. Rupe s'est mis à genoux à côté du petit, il l'a touché comme s'il en avait jamais vu avant.

— À quoi il va servir ? qu'il a demandé à Ed Soles.

— Qui ça ?

— Cet agneau, à quoi il va servir ?

— Eh bien, ça fera de la viande.

— Ça suffit pas, qu'il a dit Rupe tout doucement, tournant vers lui la tête du petit mouton. Regarde-le, bon sang ! Il a pas besoin de poser de questions. Ed, il sait déjà.

— Il sait pas qu'on le mangera.

— Il sait quelque chose que moi, je sais pas. Et puis, quand on y pense, la viande, ça sert à quoi ?

— Les gens que je connais, je les ai toujours entendus dire que la viande ça sert à manger, qu'il a répondu Ed, en faisant bien attention.

— D'accord, alors les gens, ils servent à quoi ?

— À manger la viande, qu'il a hurlé Ed en se mettant à rigoler. Rupe est sorti lentement. Il a traversé le petit bois pour aller vers le champ de blé de l'année d'avant, piétinant les tiges noires. Sur la route qui longe le terrain brûlé, il a croisé une dinde qui avait volé un nid. Ça montre bien que, ce matin-là, il avait l'œil. On peut passer cent fois devant une dinde qui couve sans jamais rien voir, au milieu des buissons et des feuilles.

Rupe s'est arrêté pour l'admirer. La dinde était cachée au milieu des arbres. Par terre, les feuilles mortes étaient trop mouillées, trop pourries pour que le vent les soulève. La nature ne faisait pas de bruit, et la grosse bête était assise là, à le regarder d'un drôle d'air, sans une plume qui bougeait. Rien qu'à la voir, il sentait qu'elle était déjà tout épuisée par la fièvre qui montait, qu'elle brûlait de plus en plus pour réchauffer la poignée d'œufs à taches marron qu'elle avait sous elle. Mais en même temps elle était folle de joie, malgré la trouille qu'elle avait que Rupe s'approche. Ça faisait comme un grand bruit au milieu du silence, même s'ils bougeaient pas ni l'un ni l'autre. On aurait cru qu'on l'entendait. Au début, c'était comme un violon qui commence tout bas et qui joue de plus en plus fort, et Rupe avait l'impression que ça chantait au-dedans de lui, que ça s'agitait, que ça vivait en entendant la musique. Et là, il a su que l'oiseau et lui, ils étaient de la même famille.

Il a quitté la route, il a pataugé dans la bouillasse pour aller jusqu'à la petite cabane de rondins où Hob et Beulah Cord avaient passé l'hiver. Hob était parti du côté de Medford comme camionneur, mais sa femme et leur marmot étaient restés. Beulah faisait sa lessive devant la porte, et il y avait un des gosses Tremaine en train de lui parler.

Beulah, elle attirait toujours les gamins quand son homme était pas là, et il y en a beaucoup qui disaient qu'il aurait fallu prévenir Hob, pour son bien. En même temps, personne était sûr qu'elle faisait des bêtises. Avant de se marier, elle avait fait des ravages chez les hommes, et puis quand on est une fille bien vivante et bien fichue, dix-huit ans, c'est jeune pour se ranger et tenir une maison, avec un petit de deux ans en plus.

En tout cas, ils étaient là tous les deux, la femme et le gamin, ils rigolaient, adossés chacun à un chêne l'un en face de l'autre. Beulah était bien jolie au soleil. À voir la façon qu'elle balançait ses jambes ou qu'elle tendait un bras en l'air, comme une chatte qui fait le dos rond, tout doucement pour bien en profiter, on sentait bien qu'elle était jeune, qu'elle aimait bien être comme elle était et où elle était à ce moment-là.

Quand on vieillit, on ne se bouge plus comme ça, juste pour le plaisir de sentir la paresse dans ses muscles. On sait où ça fera mal si on remue les épaules. On doit faire un effort pour se mettre sur ses jambes et pour marcher en attendant de pouvoir se rasseoir et se reposer. On oublie ce qu'on sentait quand on avait un corps jeune.

Beulah était grasse, jolie, elle pétait la santé de partout. C'était un peu comme l'agneau qui voyait le monde pour la première fois, ou comme la dinde qui brûlait par-dessus ses œufs, mais en mieux encore, en plus humain. Si les gens sont des œuvres d'art, Beulah était un chef-d'œuvre, ni gâté ni raté. Ses fesses étaient douces et rebondies, on les voyait sous sa robe comme deux gros pains bien gonflés, prêts à enfourner. Quand elle remuait un pied, une des fesses se resserrait, puis se relâchait, et ça faisait plaisir à voir. Elle était bien jolie, Beulah, faite pour la vie, elle faisait toutes les choses pour quoi elle était faite, elle perdait pas une minute de son jeune temps à y réfléchir, c'était juste une belle jeunesse qui attirait les petits hommes comme une biche un peu joueuse attire tous les mâles à la saison des amours.

Planté au milieu du chemin, Rupe les observait, tout son sang giclait en dedans comme de l'eau dans un tuyau. Son cœur criait de joie comme s'il était le Seigneur qui avait créé la belle femme qu'il voyait là. Et puis Beulah a senti que quelqu'un la regardait. Elle s'est tournée, elle a fait la femme comme il faut et elle a dit :

— Bonjour, monsieur Gittle.

— Bonjour, m'dame Cord, qu'il a répondu. Bonjour, Tremaine. Et il est reparti.

Toute la journée il s'est promené sans savoir où il allait, dans les pâtures, dans les bois, en cherchant la réponse à ce qu'il savait pas. Et plus il marchait, plus il voyait que les bêtes et les choses elles savaient, mais qu'elles lui donnaient pas de réponse.

À la fin de l'après-midi, il est rentré chez lui, il a trait les vaches, il a écrémé le lait, il a tout relavé, et puis il est revenu dans sa cuisine et il a regardé sa femme mettre le souper sur la table. Il y avait du maïs au beurre, du gros jambon frit, des pommes de terre, des petits pois en conserve, du pain, du beurre frais, de la confiture de framboises et deux grandes tartes. Et tout ça semblait meilleur que bon, comme s'il y avait là-dedans un sens caché. Et sa femme lui semblait meilleure que d'habitude ; elle était toute racornie et desséchée, mais son âge était naturel, comme un séquoia noueux qui tient bon après un feu de forêt.

— Femme, qu'il a dit, je m'en vais te poser une question qui me tracasse, parce que les femelles en savent souvent plus qu'on croit. Qu'est-ce qu'un homme peut faire s'il veut que sa vie compte pour quelque chose ?

— Je vais te dire ce qu'un homme il peut faire, Rupe Gittle. S'il vaut trois sous, il ne passe pas ses journées à battre la campagne, il ne laisse pas un bon dîner brûler sur le feu et sa femme qui a fait tout le travail de la journée et les corvées en plus. Regarde un peu la caisse à bois et tu vas voir quelque chose qui pourrait t'occuper.

C'est une brave femme, mais elle n'a pas sa langue dans sa poche.

Rupe s'est mis à table et a mangé de bon appétit. Et puis il est parti chercher des rondins et il en a rapporté deux brassées, il a fendu du petit bois pour le feu du matin. Mais quand il a eu découpé le bois, il a pris son chapeau et il est ressorti. Il n'est pas rentré avant quatre heures du matin, avec une bosse sur sa tête, grosse comme un œuf de dinde.

C'est le lendemain qu'on a tout su, au magasin de Carl Erblacher ; à midi tout le monde en ricanait le long de la Butcher Knife Creek. Beulah Cord l'a raconté à la mère Erblacher, et ça, c'est le meilleur moyen de répandre une nouvelle par ici : le vieux coq était venu la trouver en pleine nuit et il voulait à tout prix entrer. Les gens disent ce qu'ils veulent sur Beulah, mais en tout cas elle sait ce qu'elle veut pas. Elle lui a répondu non, mais Rupe l'entendait pas de cette oreille-là et il continuait à demander qu'elle lui ouvre : elle a passé le bras par la fenêtre et elle lui a fichu un gnon avec un morceau de bois.

Ce soir-là, le Comité de réparation des eaux se réunissait. Comme Rupe en fait partie, on voulait tous savoir s'il y viendrait ou pas. On n'avait jamais vu tant de gens pour une réunion du Comité. Tout le monde était là, les gamins sont arrivés de l'école en courant, ils dégringolaient des arbres, ils chahutaient. Et pour sûr, sur le coup de huit heures, Rupe et m'dame Gittle se sont pointés dans leur vieille bagnole.

Ham Splicer a été le premier à parler. Les Splicer, ils parlent tous plus vite qu'ils peuvent réfléchir.

— Allez, Rupe, raconte-nous un peu. Les filles qui veulent pas, c'est l'enfer, pas vrai ?

Rupe l'a regardé gentiment, comme on regarderait un veau farouche qui donne trop de coups de tête.

— Vous avez rien compris les gars.

Quand il est sorti de sa voiture, on a eu l'impression qu'il avait quelque chose à expliquer. Il a regardé Ham Splicer et Johnny Gates.

— C'est quelque chose que je cherchais. Les choses elles l'ont, il y a des gens qui l'ont aussi mais ils ont pas l'air de le savoir. C'est une sorte de lumière, comme de l'eau qui gicle dans un tuyau. Je l'avais jamais vue avant hier, je l'avais jamais vue chez quelqu'un. Les gens pourraient la voir si leurs yeux étaient pas pleins de brouillard à cause des choses de tous les jours. Mais ils savent pas où chercher pour la trouver.

— T'es pas le seul qui est allé frapper à cette porte-là, qu'il a ajouté Charlie Soles, et tout le monde a rigolé.

Rupe a eu l'air étonné.

— On dirait que j'arrive pas à m'expliquer.

— C'est pas la peine, vieux bouc ! a lancé Ham Splicer.

M'dame Gittle a pris Rupe par le bras et l'a entraîné à l'intérieur.

M'dame Gittle prenait le parti de son mari, même si j'aurais bien aimé entendre tout ce qu'elle lui a envoyé quand ils sont rentrés chez eux. L'histoire de Rupe a fait jaser pendant deux ou trois semaines. Mais un vent chaud s'est mis à souffler, a séché la terre qui est devenue bonne à labourer, et les travaux du printemps ont commencé.

Les racontars se sont arrêtés, et Rupe a dû lui aussi oublier tout ça. On n'a plus le temps d'aller courir les biches dans les bois quand la terre se détache bien nette du soc de la charrue et retombe du sillon, quand il faut herser, semer, flotter le bois, quand les couveuses sont pleines, quand dix vaches arrivent l'une après l'autre, quand il faut les traire, quand il faut nourrir les veaux, quand il faut travailler au jardin. Un fermier a trop de choses qui l'occupent, au mois d'avril.

Table des matières

NORD COMPO
multimédia

Composition et mise en pages
Nord Compo à Villeneuve-d'Ascq

Imprimé à Barcelone par:
CPI Black Print

N° d'édition : L.69EHSN000108.N001
Dépôt légal : mai 2021